# 花城寄

补集

朱复融 著

南方传媒
广东人民出版社
·广州·

图书在版编目（CIP）数据

花城寄补集 / 朱复融著. — 广州：广东人民出版社，2024.8
ISBN 978-7-218-16247-8

Ⅰ. ①花…　Ⅱ. ①朱…　Ⅲ. ①诗集—作品集—中国—当代
Ⅳ. ①I227

中国版本图书馆CIP数据核字（2022）第235190号

HUACHENGJI BUJI
花城寄补集

朱复融　著



出 版 人：肖风华

责任编辑：张贤明
装帧设计：友间文化
责任技编：吴彦斌　周星奎

出版发行：广东人民出版社
地　　址：广州市越秀区大沙头四马路10号（邮政编码：510199）
电　　话：020-85716809（总编室）
传　　真：020-83289585
网　　址：http://www.gdpph.com
印　　刷：广东鹏腾宇文化创新有限公司
开　　本：787 mm × 1092 mm　1/32
印　　张：8.5　　字　数：150千
版　　次：2024年8月第1版
印　　次：2024年8月第1次印刷
定　　价：50.00元

如发现印装质量问题，影响阅读，请与出版社（020-85716849）联系调换。
售书热线：020-87716172

## 七律·《花城寄补集》出版

诗词道本在风流，烟雨客回黄鹤楼。
方落空壶随即兴，便抛才气找由头。
千年知我一轮月，八际送卿两岸舟。
人说岭南花不老，别枝正是养春愁。

# 作者简介

朱复融，字从溪，号禅可。当代著名诗词家、文艺评论家、中华传统诗词文化传播者与推广者。江苏淮安人。羊城晚报出版社编委、策划编辑部主任兼艺术总监。担任粤港澳大湾区小学生诗歌季——“诗歌进校园”讲师团特聘专家、“南方雅荷非遗小记者团”人文导师、广州市少年宫诗词班主教老师。曾任2013年度公安部边防局、《中国边防警察》主办的“我爱祖国边疆美”摄影大赛暨《BF行动》同名系列短篇小说赛主评委，第四届中国“福田杯”诗词大奖赛终审评委，2020年“感受岭南”粤港澳大湾区高校征文比赛终审评委，2021年度“岭南杯”诗词大赛终审评委，2022、2023年度（广州）“智慧阅读　雅荷诗会”终审评委、推广大使等。

在《中国新闻出版报》《博览群书》等报纸杂志发表文学作品、文学评论等300多篇（首）。诗作曾获得《诗刊》第二届全国“新田园”诗歌大奖赛三等奖、中国首届“太白杯”诗歌大奖赛二等奖、’93全国抒情诗赛三等奖、《诗刊》首届“美丽广东观音山杯”全国诗歌大奖赛优秀作品奖等多个奖项。诗作入选《全国第二届新田园诗歌大赛获奖作品集》等十多种选集。

著有《花城寄》《给天堂一个高度》《亲子教育蓝皮书》（5卷）等文学、教育专著10多部；主编有《中国古典名著译注丛书》70余部；著有文论《改革开放歌大潮：广东改革开放四十年传统诗词文化发展简述》。个人艺术条目、诗词创作及对广东省中小学诗词文化传播方面的成就被收入2018年广东省人民政府文献书籍《改革开放与广东文艺40年》。

# 出版者言

诗词是中国古典文学最具魅力的形式之一，充分体现了汉语的特点，兼具文学性与音乐性两大艺术特征，以简约的形式蕴含了丰厚的韵味，其对社会文化影响的广泛程度是其他形式难以比拟的。中华传统诗词文化凝结着中华民族的民族心理、民族性格、民族情感和民族精神，积淀着中华文化的价值取向和理想追求，承载着中华民族的人文血脉和道德精华。

乐以诗为本，诗以声为用。诗，孔子之后被称为“经”，尊为“教”，甚至视为“道”，故有“兴于诗，立于礼，成于乐”之说。中华传统诗词正是以独特的艺术形式，把“诗、礼、乐”融为一体，金声玉振，巧夺天工，产生了无数文学经典。

近年来，当代诗词家中，朱复融先生在传统诗词创作与诗词文化推广领域都有着重要成就。朱复融先生性甘淡泊，所嗜唯学，深得风骚之遗旨。他既精于旧学，熟稔音律，文通佛道，艺专乐书，又面向生活，博采众美。淡笔寄情，浓墨骋怀；苦心孤诣，匠心别具，遣词造句十分讲究。看似随心所欲，毫不费力，实则功深学邃，锤炼无痕。他创作的诗词，光焰益炽，思力愈深，境界愈广。他在自己的微信上每日创作一诗（或词或联），累计三千，堪为奇迹。他的诗词，构思奇特，短小清新，不作空泛之论，富有生活情趣。其诗词意巧于内而朴于外，皆以

“真”字见长，信手拈来，兴之所至，则发为诗词。每从小处落墨，滴水映海，入境如画。花开花落，云卷云舒，阳春下里，天籁交融。寓冲澹之怀，有观鱼之乐。虽随性而发，但风致高而气淳朴，趣味盎然。中国传统诗词讲究格调、神韵、性灵之说，朱复融先生的创作始终坚守灵韵纯美的“诗意第一，不因声律而伤诗情诗境”的原则。古体与近体相间，新韵与旧韵共用。故此集中，按律者有之，古风者有之；有用新韵，有用古韵，或兼而有之，一以“守正体式，承继传统，开新辞意，崇敬自然，发省世态，不待情伪”为原则。2017年12月，广州文艺市民空间举办了“一张诗意的小邮票：微信诗王朱复融诗词集《花城寄》分享会”，当代诗家誉其诗有李白道风、王维禅境，也誉其为脉接唐宋的韵林处子、词坛清客。

我社于2017年出版了朱复融先生的诗词集《花城寄》，深受读者喜爱。2022年，我社决定续出其补集。此集选录了朱复融先生2018年至2022年创作的诗词联约600首（则），其价值，不仅在于诗词联本身，而在于它能够唤起人们血脉中深埋着的、从未真正流失的传统文化情怀。我社将本书呈奉给广大读者，希望能为诗词爱好者提供有益的参考和帮助。以诗词安适心灵，以这样一种精致、绵密的叙述，赋成岁月静好的幽情吟味，诚为诗坛词坛别开生面者也。

广东人民出版社

2024年7月

序

# 高境原来素简

◎赖海晏

赖海晏，1935年生，文学名家，享受国务院政府特殊津贴专家。历任《南方周末》总编辑、广东省文联执行副主席、广东省政协文史委员会副主任、广东岭南诗社副社长、顾问兼《岭南诗歌》报主编。

疫情防控期间，宅在家中。一页页，一首首，阅读朱复融君新著《花城寄补集》，感到诗情洋溢，佳作纷呈。复融君是我相交多年的挚友，对我帮助甚多。他多年来致力于诗词写作、教学与编辑工作，特别是多年在广州市少年宫开设诗词写作班教授诗词，以及作为粤港澳大湾区小学生诗歌季——“诗歌进校园”讲师团特聘专家多次进校园讲授诗词，在为中小学生普及与传播古典诗词文化方面贡献卓越，其个人艺术条目与成就被收入2018年广东省人民政府编的《改革开放与广东文艺40年》。

复融君淡泊名利，本色自然，诗品高贵。复融君学识广博而虚心好学，诗情频涌又创作辛勤。复融君有三多：读书多，创作多，交友多。这令我想起了我在南方日报社理论部工作时，张汉青先生曾提出的当代诗词创作要“三有益”，即开卷有益、迈步有益、提笔有益。复融君践行了这“三有益”，还加了个“交流有益”。复融君的诗词创作与艺术风格，我在他的前一部诗词集《花城寄》的序文中已有谈论。有人誉称他为“微信诗王”，他几乎每天不少于一首（则）诗词或楹联发表在朋友圈中，至今已连续九年，积有三千余首（则）。这些作品，多为随境而作，构思灵巧，不论事物巨微，大至宇宙星汉，小至菜市香菱，即兴成句，他都能写出好诗，诗思敏捷，可誉捷才。他的诗词以白描手法著称，不堆砌，不雕琢，语言明白如话，优美生动，意境新奇。

六年前，广东人民出版社钟永宁、张贤明二君慧眼识珠，收集并出版了复融君的诗词集《花城寄》，我和编辑家、诗评家杨光治先生分别为之作序，此书面世，影响很大，为当代诗词创作与发展注入了一股清流。今广东人民出版社又收集并出版其补集，诗脉承接，韵风浩荡，乃传播传统诗词文化的一大幸事！

《花城寄补集》分成了十辑：

**第一辑　读**

如《读屈原〈九章〉》：

不甘恶草覆王纲，君子禀性以为常。

朋党食利谋一窟，汨罗吐浪愤九章。

国人都知道，屈原是我国文人创作诗赋的第一人，后人常敬屈子的爱国主义精神。在复融君此诗中，短短几句就写出了屈原的高贵品质，写出了他鄙视奸邪的气节。此诗写情虽少，但意蕴宽广深远。

又如《读苏轼词〈定风波·莫听穿林打叶声〉》：

君子知停舟，非甘居下游。

怀柔一片景，立竿见风流。

很多人也非常喜欢苏东坡的这首词，但没有复融君这样的巧思。他仅仅用二十个字就写出了苏轼的淡定、从容这种非常难得的人生态度。

**第二辑　写**

如《书“澹禅”三韵》之一：

妙心挂号释迦尼，禅乐空如不避之。

有谓平生三件事，烹茶习字步陶诗。

此诗写出了心中的禅乐，又写出了平生三件事。

陶诗，就是陶渊明的诗，反映出作者向往的高尚，是内心的一种精神表达，甚为感人。

又如《书“心舞曼妙”作诗释意》三首之二：

恰如春雨润无声，行笔随心不较真。

但见豪情报日月，云来云去自由魂。

写出了一种无拘无束、自在放松的心情，特别是末句“云来云去自由魂”，甚为奇妙！因为，人的精神境界能够自由，则能会通万里而无碍！

**第三辑　题**

如《题六榕寺》：

古寺春鸣不撞钟，青墙深守老城中。

千年云客往来事，苏子题名仰六榕。

写得形象，意蕴深远，意境鲜明，如一幅图画，又有庄穆之韵味。

又如《题菊五韵》之二：

山中野菊不知名，抱石临泉听早莺。

为避风尘长谢客，众花凋萎顿丛生。

诗家写菊佳作甚多，作者却写野菊，写野菊的傲然独特，生命顽强，堪称巧思佳构。

**第四辑　观**

如《谒光孝寺六祖惠能瘗发塔》二首之一：

过途偶参洗钵池，隔尘全靠老菩提。

千枝甘露伏禅塔，一杆清风辩圣旗。

此诗写出了六祖惠能瘗发塔的鲜明特色，禅意深深，启人深思。

又如《与女儿观艺展》二首之二：

闻在琵琶古韵廊，岭南夕下暖风长。

花城游赏灯光节，写影珠江夜来香。

此诗写得有声有色，刻画出羊城灯光节的繁华与美丽，一派盛世光景，怡目舒心！

**第五辑　行**

如《行吟九首》之二《山蜗》：

小蜗往来谷雨间，随遇苔岩住几天。

不羡世尘无限事，哪知房贷按时还。

一个小小的山蜗，经作者的笔，便成了一首生机盎然、妙趣横生的妙诗！特别是诗中那种自由自在、淡定从容、与世无争、无忧无虑的精神境界，令人神往！

又如《岭南行吟四首》之一：

游阅岭南一众山，会峰不计上高端。

仰天俯地心无距，万物同参云水前。

此诗写出了何等宽广的襟怀！

其二：

尺波澶漫意纷呈，天序逾秋渐朗明。

高岭尚知怜下草，始从岩隙底层生。

此诗意蕴遥深，突出了岩隙底层的小草，表达了无限的同情。我们由此联想到芸芸众生的顽强奋发，蕴含了无穷无尽的伟力！篇幅少而意义深广，佳作也！

**第六辑　忆**

如《忆少时母嘱不打喜鹊之事》：

久仰长吟尚寂寥，分星历历属良宵。

寒春莫打欢天鸟，双夕报身须架桥。

诗寄真情。此诗写出了作者对慈母叮嘱的热情追忆，感人佳作也！

**第七辑　禅**

复融君对佛教素有研究，故本集写禅之作甚多，试举一例，如《登阶》：

一步不留痕，登阶千足跟。

他人方便处，定有菩提门。

此诗虽仅有二十字，却表达了深深的禅意。

**第八辑　论**

如《论少年行读》：

读书何止在课堂，足下亦多好文章。

行至舟前临下渡，便从滴水阅汪洋。

此诗的特色，富含哲理。“足下亦多好文章”，是作者读万卷书、行万里路的心得。从清水间窥贝汪洋，是作者体悟的深刻哲理。

又如《竹园品笋呈刘陶、永宁诸贤句》八首之五：

晴光初上众青枝，千叶迎风别雨期。

幽步当逢人少处，闲诗每属趣多时。

好一句“闲诗每属趣多时”，此乃作者深刻体会所得，值得我们好好玩味。

再如《诗评柳宗元〈江雪〉》：

一绝统五言，一翁称钓仙。

白岭联白水，生养万波烟。

作者写出一派浩瀚的宏大意境，表达了对柳宗元的景仰和对《江雪》的赞美之情。

再如《五十自叙》：

交岁咀春秋，天天奔着老。
朝还喻为花，暮又比成草。
忽悠至中年，知足饭半饱。
恐人称油腻，糖醋泡上枣。
血压不升高，眼花没提早。
身热汗微微，撒丫小健跑。
腰围三尺三，平腹储诗稿。
浇花乘日晴，美得不得了。

此诗的特色，是幽默，妙趣横生，似乎是随意而为，实则蕴含了知足常乐、乐观奋发的智慧。而且，善以日常用语，化为妙句，“平腹储诗稿”，实在是好心态，好句，好境界！此意虽平常，却是令人羡慕！

**第九辑　词**

如《醉花阴·近端阳》：

徐步南园初歇雨，阵阵池蛙鼓。孤径恰逢晨，清气盈心，一贯临端午。

又斟俪句诗情古，还念兰魂舞。两袖坠风流，千世同尘，醮荐离骚赋。

此词清新隽永，表达了对屈原的崇敬和对《离骚》的敬赞。

又如《虞美人·弘一法师（李叔同）》：

几声清笛送归脚，欲暮青山杳。衲衣净牒寄梵灯，柳影飘摇只为君一人。

春帆秋桨凭渡过，深爱最沉默。千般心意化莲丛，由此出尘不敢并蒂红。

此词清新可读，写出了弘一法师的风骨和对他的崇敬。

又如《南乡子·米》：

母训真铭心，粒米总关天地情。旱涝农家苦灾日，悲鸣！花鼓他乡带泪吟。

气象一时新，饥腹渐而远当今。富庶应思前岁贫，安宁！节约行餐每碗清。

我十分喜爱此词。一是富有时代色彩，作今古之比，令人珍惜今天。二是回忆母训，挚亲真情。三是以小见大，“粒米总关天地情”，好句！奇句！四是，从平淡中反映出深刻的道理。节约粮食，实际上是事关社会风俗、百姓修养的大事！

又如《南乡子·中秋在望》：

秋仲望归心，一曲潸涔《慈母吟》。游子倾怀赋寸草，何凭？今夜许风吹月亭。

网购票单轻，高铁穿山越水频。千里荻花淮上瘦，依听。老巷影孤唤乳名。

此词情景交融，将现代语与古典诗词融为一体。表达对母亲的挚情深爱，很是感人！

又如《清平乐·小黄车》：

轻型尚巧，横纵方宜找。旋即风行通捷道，繁市飞群黄鸟。

赶时地铁人多，公交挤载几何。自扫一元启步，图个快意颠簸。

现代事入词，却写得活泼生动，表达了诗人乐观的心态，是一首小巧的好词。

再如《菩萨蛮·螳螂》：

捕蝉亦作枝间秀，尾身黄雀噤声后。自感擅观瞻，目前一片天。

位居某某处，左右皆高树。锯木已三年，挡车成笑言。

此词写得妙趣横生，活泼可喜，对螳螂的讽刺，亦是令人深省。

再如《蝶恋花·为2017年广东小学生诗歌节小诗星颁奖有感》：

南粤风光依次好。簇簇芳枝，尽占百花稿。丝竹才鸣新乐调，宾王鹅戏池波早。

独有童心能任描。生境自然，真趣夺天巧。笑我情怀逢月老，不疑诗意输年少。

复融君致力为少年儿童弘扬与传播古典诗词文化，贡献良多。此词对中小学生学习、创作诗词的关心、鼓励之情，跃然纸上。

**第十辑　联**

如《从溪学舍自题联》其三：

诗逢高境，除华藻依自然，出新格依心识；

人至中年，望安澜于山水，不争浮于市声。

此联写了作者对诗词的主张，也写出了自己不争浮名的情愫。

又如《从溪学舍自题联》其四：

迎客送客拜客作客，八面清流，两杯茶水；

读书编书写书评书，四重角色，一种情怀。

此联巧妙地写出了作者的日常交往、工作和高尚情怀。

再如《书“禅”字联》其四：

是非窝里，人凭嘴，我用耳；

热闹场中，我靠后，人向前。

此联写出了自己不惹是非、不图热闹的处世之道。

再如《写“茶”字联》其一：

紫气东来驱恶疫；

夕阳西下煮佳茗。

此联写当下抗疫大事，以及从容应对的情怀。

再如《春节书“福”字联》：

天下贪官少；

人间福字多。

此联短短十个字，却写出了人民的期待，而且是由春节书福字引发的情怀。巧妙活泼，具创新性。

《花城寄补集》佳作甚多，限于篇幅不多叙述了。写到这里，我引此集中《西江月·浅酌》中的一句作结——“高境原来素简”。此句是复融君的诗意表达。但依我看来，也可以概括为本集诗作的艺术风格。

赖海晏

2022年11月写于翠痕居灯下

# 目录

**第二辑　写**

## 第三辑　题

## 第四辑　观

## 第五辑　行

## 第六辑　忆

**第七辑　禅**

## 第八辑　论

**第九辑　词**

## 第十辑　联

# 第一辑

## 读

## 读《秦史》简论　六首

### 其一

如鉴真迹假中寻，或论是非越古今。
一方术士可充儒，始皇文种百坑深。

### 其二

征夫终究汉亡秦，蚁梦蝶衣生落尘。
因应道心能自养，未迷孔学论假真。

### 其三

秦川楚汉分，刘项不疏义。
火射阿房宫，通骊八百里。
江山一桌牌，推倒又重洗。
驱策马前卒，王座朝南椅。

其四

读史招人笑，竟从指鹿教。
亡秦何必楚，王殿众为茅。

其五

千古江山谁纵横？诸雄几度率云旌。
燕台飞剑除三毒，易水图秦分一名。

其六

从来圣道九层云，苍宇横山分海群。
蛟爪伏擒凭正剑，文人气骨是将军。

# 读《史记》兼论　三首

## 其一　史记 · 淮阴侯列传

史无二杰冠殊勋，王侯将相拜一身。
高弓应早劝飞鸟，图楚为营胜者坟。

## 其二　史记 · 魏公子列传

柴门一只狗，豪户三千徒。
长食各从主，难日分忠夫。

## 其三　史记 · 霍去病列传

朝阳不逊夕阳红，剑影刀光伏赤龙。
夜纵沙原一千里，居胥万疆汉家封。

# 读史杂记　十二首



## 其一

一家史册挂云头，沉夕偏从血色流。
疆土若非民肉叠，八方大盗岂封侯。

## 其二

李广难封啸虎群，大漠重征飞将军。
终失奇功愧汉武，刭刀还望赎昆仑。

## 其三

佞小妄欺少皇志，霸言立殿废君子。
鹿马原本驱霄壤，皆畏赵高别义指。

## 其四

壮士肩头一道义，文人案上三炷香。
项王刎刻愧乡老，清照倾词悼乌江。

其五

坐殿帝王向岳禅，上堂夫子不耕田。
平波一笑蛰沧海，千册云烟搅乱天。

其六

汉家万乘纵旌旗，谋位惶登宗庙基。
王道故疆谁争得？谪臣多撰子房辞。

其七

逆心莫诿苍民过，闻谏方能天下安。
臣子一朝生二德，肇因昏聩落王冠。

其八

读史阙疑亏嘴皮，才辩汉陵报楚鸡。
黑字行间占白道，横批正察竟无词。

其九

司马案前莫较真，五千史载半车轮。
文人酸骨犯腰病，经治还需秦王坑。

其十

乌纱戴顶先头重，蟒带缠身后国轻。
通史不屑人主见，汗青千册亦伶仃。

其十一

书中面目易更新，金册久封尽落尘。
前度随呼口号者，反身又作揭批人。

其十二

顿觉白云降万旗，惯看紫气退熊罴。
亡君即便庙堂事，丰稼终将百姓饥。

# 读《魏武帝集》　二首

## 其一

天下英雄谁堪论？遗箸煮酒应雷声。
沙场钺戟雀台赋，岂让枭魁冠圣恩。

## 其二

铜雀春暄酒几坛，雄诗既举亦慨然。
槊横碣石暮云怒，欲缚苍龙水震天。

# 读《晋书》 二首



## 其一

上承三国分王鼎，司马卧槽夺魏师。
两晋文章风色绝，兰亭应作凤城池。

## 其二

骚家以史独沉吟，奉字焉能不重心。
司马曾驰原上草，四轮生灭绿如今。

# 墨龟斋读《周易》杂感　二首

## 其一

两派合羲爻，经道易相交。
藏剑十年冷，屠龙出紫鞘。

## 其二

由事读周易，凭心作妙章。
零星知广宇，滴水羡重洋。

## 读屈原《九章》

不甘恶草覆王纲，君子禀性以为常。
朋党食利谋一窟，汨罗吐浪愤九章。

## 重读《楚辞》

独剪风流入楚骚，椒兰不共众艾萧。
既知逆水幽鳞近，亦感顺天迅羽高。

## 读《三曹诗文选》

坐卧斜阳铜雀台，云章一片自由来。
穷诗百卷不衰发，始得建安风骨开。

## 读宋人黄裳词《雨霖铃·天南游客》

敛眉乍宿千年雨，开面长垂一袭裙。
久误春心人不解，湘波逐后楚云平。

## 读陶渊明《归园田居》 二首

### 其一

浅溪薄浪亦称花，素守东篱摘几瓜。
乐在舍前人共影，半箕菊蕊比桑麻。

### 其二

飞雁催寒溪上头，复归旦夕竟同求。
篱门酒后人留姓，凭菊独裁一户秋。

# 读《唐宋文学论稿》随记　三首

其一

写境须求自在身，辞通天性最为真。
千年依仗杜夫子，半道交逢白鬓人。

其二

摩诘才思归老泉，劝云醉卧九层巅。
若植唐林寻不得，意外生枝入宋烟。

其三

无上菩提皆作歌，金乌玉兔便消磨。
东坡宦意散千竹，太白皎心聚尺波。

## 读王维诗《辋川闲居赠裴秀才迪》

僻世还从仕，近禅不入僧。
长歌五柳渡，过雁一柴门。
浮降引蝉鼓，往来醉故人。
如闻山有境，终报水无痕。

## 夜读李白三入长安事　二首

### 其一

寻常帝子逐云宾，辞别长安不望尘。
蜀楚江中乘碧浪，缨绅冠外遇汪伦。

### 其二

百宴一豪敌万言，千家酒望愧诗仙。
明皇曾以长安许，月俸随时付柳烟。

## 读《杜工部草堂诗笺》 四首



其一

怀远悯民举国殇，傲吟千首压秋霜。
学诗麟止杜工部，寒骨赤心支草堂。

其二

巴蜀茅风贯古今，孤居穷旅助悲吟。
江湖由此一朝去，万里烟波向晚沉。

其三

世称工部道不公，茅舍修辞偏对风。
笔底苍烟难自抑，长安徙望锦官红。

其四

杜甫哀诗亦慨然，牡丹香阵鼙鼓边。
长安名败马嵬驿，从此大唐不盛年。

## 读杜甫诗《蜀相》

为复中原六出祁，殚筹阿斗兴皇基。
养民正列千秋表，望陇当谋一寸齐。
三国分枢终易误，众雄归晋又无疑。
蜀人犹记此间乐，尽覆隆中万马蹄。

## 小恙寝床读《庄子·齐物论》

龙溪尚浅引鱼贯，凤蕊初红惹雀拥。
蝶化庄生生化蝶，方知了了一般同。

## 读《全唐诗》杂感　二首



### 其一

诗崛大唐仰者愁，更兼明月客渔舟。
春心愿宿江南水，秋意不捐黄鹤楼。

### 其二

柳飞唐燕一城倾，丛草羡花署宋名。
字在诗前长敏感，境从句后往虚生。

# 夜读南唐二主词　四首

其一

梦回上苑领风流，词润江南三十洲。
春笛又横秋雨处，烛光罗帐坠金钩。

其二

一闭一睁即一天，阴晴交合在眉泉。
寒宵词卷初翻半。终信纤云织宋绢。

其三

深宫景色玉人箫，欲破王城尽下腰。
春赐一江故国泪，词风又湿宋家袍。

其四

碧萝玉樽金凤巢，过夜西风瘦王腰。
新月垂檐空倩影，一弦清泪对江抛。

## 杂史闲记　七首



### 其一

独羡樵翁坐岭头，苍云止渡望江舟。
书中旧辙评三遍，尚笑前车驱老牛。

### 其二

为逢樵叟觅千途，方别豪人乘万驹。
一册书中闻戍鼓，半壶茶里看江湖。

### 其三

闲窗不觉月迟迟，忽近雷声知雨期。
百皱书中夹白发，千纹镜里理青丝。

### 其四

指途醉处酒旗降，有请龙鳞不在江。
云外见山横北郭，舍中叙史聚东窗。

其五

但从广宇翼无疆，竞策雄风万里霜。
仍仗一峰凌众岳，松云正举日东洋。

其六

读罢闲书不问泉，是非若论只当前。
青瓷须里坐弥勒，白玉石中卧水仙。

其七

马踏青尘不回顾，逢关刀钺破征路。
孤烟多为大漠直，疆土伏归汉家库。
将士血，嘶如雨，羌笛声怨次鼙鼓。
塞外残柳忆渔阳，王庭尽兴霓裳舞。

## 读《西游》杂感　三首

### 其一

一个师父三个徒，难归九九验真书。
山头但有妖作主，佛疏制度也糊涂。

### 其二

大魔背景不简单，每露原形各主牵。
小怪自无通上术，怂对金棒靠命还。

### 其三

白马扛活总寡言，似知平川即深渊。
担劳千经白无字，庭祖西天隐腐贪。

# 读《朱淑真词集》　二首



## 其一

月为何物兀自高，柳抚清笛梅弄箫。
罗裙若许西江水，由此雁风万里潮。

## 其二

昔日洞庭妃子箫，引来百羽灿如潮。
山云托雁捎红锦，岸柳凝烟裁碧霄。
久酿心词难付笔，初仰眉黛上新膏。
未知岭南月光冷，似觉燕北桂枝遥。

## 读苏轼词《定风波·莫听穿林打叶声》

君子知停舟，非甘居下游。
怀柔一片景，立竿见风流。

## 读柳永词《望海潮·东南形胜》

素手擎灯花叠衣，春宵放酒鳜鱼肥。
词人秉赋与天好，偏去红尘评是非。

## 读李叔同诗文

茶醉不如酒醉狂，檀熏书味胜花香。
得秋一句长亭外，且搁红尘百雁章。

## 读《边塞诗》感兴之一

不起狼烟起鸣风，边营旗杆挂日红。
干戈渐冷空沉雁，放马苍原诗更雄。

# 第二辑 ○ 写

## 书“读书”二题

### 其一

欲劝眼皮移旧槐，夜萤归宿笑兄台。
除非程子立飞雪，岂止孔孟夺高才。

### 其二

词为君道字为臣，三弄梅心各寄春。
冠古文流算此册，断章名下读书人。

# 假日闲书　三首



## 其一

西山日落月飞檐，不误清颜长白髯。
写字无非风骨体，烹茶还是嫩芽尖。

## 其二

天为君子地从臣，云散雨来半认真。
小利长遮行贾眼，浮名最误读书人。

## 其三

案头添一意，笔下退三心。
倾墨除非溅，未闻瓦釜吟。

# 闲书“禅茶一味”六韵

## 其一

扁舟行水笑无鱼，叠浪飞鳞云上居。
帝子裁言天下事，祖庭孤立圣人书。

## 其二

老月新溪何处寻，绝尘依旧伯牙琴。
禅归佛子茶归我，另煮半壶再辨心。

## 其三

笔困纸穷剪绿萝，另耽诗酒逊东坡。
全由茶派三分色，方便浅杯日月多。

其四

随喜杯空壶未空，桃颜不受牡丹红。
客尘云道临深浅，念念东南西北中。

其五

坐岸看荷花，隔帘听琵琶。
无词呈月影，单煮一杯茶。

其六

步韵称三绝，证禅通一尘。
贯花非坠果，不便仰头春。

## 书“禅茶”雅韵八章

### 其一

闲遣光阴聚齿唇，瞻秋当为念红尘。
新茗分盏香归案，斜月推窗花袭人。

### 其二

若任青丝变白云，等同旧志作新闻。
一天半罐山泉水，独占香风无处分。

### 其三

遣日余情亦谢花，临窗借月写禅茶。
除尘不用人空扫，云水与风本一家。

### 其四

以诗入画补蜻蜓，尖角小荷夺妙龄。
牖户三餐曾废药，禅茶二字是真经。

其五

所幸青山见百株，采来五味种冰壶。
平生只写禅茶字，赠与落英扫道夫。

其六

禅茶一味药，可解世人哀。
红尘从白水，因果舍由来。
飞瀑紫云道，落壶凤凰台。
度年如晋级，长饮不停杯。

其七

长作诗书不入流，鹅池遗墨砚中收。
随心走笔欠龙势，闲袅真如凤点头。

其八

流溪止固鳞，落月绝飘尘。
如笔入禅境，忘题书写人。

## 书“禅”字解意二十题

### 其一

曙雀银蟾沉石矶，人持画扇夜更衣。
常疏小疴不遗患，白首回头笑鬓稀。

### 其二

衔酒书禅不寄尘，落毫飞墨竟如真。
孤舍又邀梅竹菊，斜枝仅送月中人。

### 其三

禅分八万株，何必计须臾。
非念菩提子，凭空辩有无。

### 其四

圆月生禅亦或缺，实非全度一明中。
东流欲看从西处，无意穷时又返东。

其五

煮泉何止入香澜，瓜子偏心嗑一盘。
为助新词生七绝，不拉长调感千般。

其六

正是大千参不休，引风入谷见溪流。
悬书少作嶙峋状，当顾锦云裹白头。

其七

愧欠菩提香火钱，拜茶禅字抵三千。
射书丑画争其道，上品函藏花木间。

其八

是人生死两开张，名利由头难卸妆。
且上禅山磨砚墨，不留弱水煮鸡汤。

其九

老文方正少棱角，小酒平端不认真。
闲气并非天地聚，落居山外乐清贫。

其十

裁云剪水坐山前，秋去寻春又一年。
飞鸟观鱼鱼自若，波间日月正经天。

其十一

甩袖和尚形态憨，唱经盘坐遛遛弯。
掸云三朵西山下，逗鸟不归已得禅。

其十二

红尘百度复如来，空袖已藏明镜台。
万道佛光归一柱，禅风由此引门开。

其十三

与花交契友，跟石拜良师。
花石见风月，分禅到墨池。

其十四

愧欠菩提香火钱，拜茶禅字抵三千。
射书丑画争其道，上品函藏花木间。

其十五

尺纸分呈假与真，香枝疏密列为邻。
以禅当业一门户，凭字交心十道人。

其十六

笔走几行欺白宣，墨飞三尺戏龙泉。
名微右角下朱印，高价历来让官员。

其十七

砚石为珍物，雕金不好玩。
磨唧诗一首，顺带写个禅。

其十八

云中青鹤涉新水，岸角红花困老枝。
感雨不从头上越，欲抒心意窥风蹄。

其十九

滴水凭心证磐石，朵云直面劝凌峰。
梵僧行道随参坐，栖鸟闻风不敢从。

其二十

春枝深处，茶水中间。
藏个禅字，又是一天。

## 书“禅风”偶得　四首

### 其一

擅取灵犀一阵风，求词觅典不如空。
可凭行止鸣其乐，即付卿云山水中。

### 其二

引墨刹那间，回收自由度。
庸格渐向高，竟无落章处。

### 其三

物事证由来，菩提问双鞋。
不经明月照，谁令百花开。

### 其四

写诗成句五分钟，越发灵通一阵风。
拜佛人求金偈好，我凭禅度日常中。

## 偶书见趣　九首

### 其一

餐后一杯茶，闲余意不差。
鹅池临洗笔，闻道见禅花。

### 其二

开宣证一途，横竖亦功夫。
由笔白兼黑，凭章独占朱。

### 其三

周闲习字见悬殊，度法何曾心气拘。
墨纵张飞三尺纸，启功才后尽屠夫。

其四

红尘何事了，雨湿窗外晨。
慕春寻鱼迹，还是水前人。

其五

五指仙云绕洞箫，笔随行次退如潮。
墨龙衔水余形迹，敏若鳞波过浅礁。

其六

闲生妙趣空生韵，舍去蓬心自遁形。
不仗毫锋争上下，更无左右乱逢迎。

其七

习书有谓正输奇，捉笔凌云闲意知。
鹤占三清常不得，龙游九格似由之。

其八

朝出班，暮归家，蕉叶倚窗挂雨花。
妙境常由心自主，词余临笔问杯茶。

其九

少学诗书求认真，游心宿顿夜与晨。
染毫初解一方字，洗砚终清百世尘。

## 书“澹禅”三韵

### 其一

妙心挂号释迦尼，禅乐空如不避之。
有谓平生三件事，烹茶习字步陶诗。

### 其二

闲书翻后夜微寒，未止乘杯茶水前。
别字澹禅分左右，妙顿朱章盖哪边。

### 其三

且攀红杏尚书名，不仿兰陵笑笑生。
终究三经临百卷，仅存一字洞其明。

## 书“穷心得禅”赠友人　四首

其一

红尘何事了，乐问暮与晨。
秋水藏鱼迹，濠梁两证人。

其二

看花一二枝，赏月半升时。
疏影无人弄，但凭风自移。

其三

君子同堂，有茶不慌。
三盏余味，拜壶为王。

其四

半帘月色斜，飞落两由花。
一幅登秋字，三杯煮水茶。

# 书“舍”字自题　三首

其一

得来瞧一面，舍去竟无边。
且说花与月，何曾作布泉。

其二

名利滩前风打头，平生知退让急流。
江边筑石汉翁钓，一笑沧波两白鸥。

其三

舍与不舍莫耽搁，舍日才有明月得。
不舍一点雪花钱，哪得雅字挂白壁。

## 书“诗言志”即兴　二首

其一

云截岳川分作道，辞从韵格列为诗。
大风本是汉王赋，吹破江东项羽旗。

其二

写字无非为表意，目中方寸筑文基。
几根竹骨当形体，自任偃风磨地皮。

## 书“诗余禅茶”得句 二首

其一

高学应求书斋外，灵词留意字行中。
若余气韵扑香穴，自擅风尘一点红。

其二

人闲好入菊梅松，清墨如禅笔带风。
如夜宽心一刻梦，至晨缘字五分钟。

## 写“道”字得句　二首

其一

平首随足下，步健径不偏。
前登元头岭，后饮三省泉。
卧溪为修竹，高风敢训天。
长途无虚化，转曲在桃源。

其二

乾坤分上下，日月转阴阳。
前后一条道，坐行两主张。

# 上元节书“牛”得句　二首



其一

志长胸中三尺剑，道从背上五经书。
当阳牛气冲春藻，归亩犁头劝穑夫。

其二

一叶一窗一秋苔，道无二法风自开。
清笔随心三逐墨，石窝原是青牛鞋。

# 书“心舞曼妙”作诗释意　　三首



其一

诗外功夫何处寻，舍前草木落蜻蜓。
投心岭上感云雨，抱石涧中闻夜莺。

其二

恰如春雨润无声，行笔随心不较真。
但见豪情报日月，云来云去自由魂。

其三

云卷上天万象蹄，掠波溪下柳依稀。
禅坛传钵幡旗辩，风打何来仍不知。

# 友约品茗嘱书“茶舍” 二首



其一

一案清香经暑夏，闲勾几笔谢新茶。
舍中悬幅平心字，对验门前几吊瓜。

其二

故友微函生雅心，兰亭之交说堂厅。
为求两字为青壁，印合禅光题款人。

## 书“钱”字趣题二绝

其一

写幅钱字挂堂东，本兼行草自带风。
过堂君子由慧眼，各品人生味不同。

其二

斗笔先软三根毫，伏纸再抛九分骄。
泥潭笑鳅冒龙子，瘦岭拨云看楚樵。

## 闲章三韵

### 其一

鬓烟凝月脂，箫史鼓云旗。
将酒晴川阁，报书崔颢诗。

### 其二

诗家凑句意，书者弄闲章。
素纸留云处，红泥戳上方。

### 其三

纸山叠座白云边，墨海分流纤笔巅。
字里闻香红素手，闲章可鉴是非缘。

## 写“笑”字赠布雨居士

天上两只鸟，开眉成一笑。
问飞哪里去，这个谁知道。

## 为女儿书“童心”

课业本中寻趣文，正工字里讨加分。
零钱豪捐皮皮鲁，旧报剪条吊带裙。

# 第三辑

## 题

## 为女儿题豆蔻居

也曾笑尔念东风，豆蔻娉婷一款红。
但愿他年人嫁娶，百般心意与郎同。

## 题扬州大明寺“山川异域，风月同天”碑刻

逐浪九千叠，惊舟一道波。
佛心恩四海，六渡菩提歌。

## 题金陵阅江楼二韵

### 其一

不曾参佛困泉池，谈月非输花一枝。
但见平生攻万首，登楼魔统半江词。

### 其二

烟雨六朝通万邦，筑斯楼阙阅斯江。
千帆夺水惊云浪，城上白幡帝子降。

## 题山寺禅院三首

### 其一

红墙角色佛与皇，宫柳梵天不共梁。
鱼鼓何劳春燕子，黄衣更换绿罗裳。

### 其二

所居函谷笑红尘，千世桃花为一人。
枝上嫣然非子笺，画风十里寄三春。

### 其三

且看青鸟上孤枝，二月天光入故池。
新雨遥坡生碧草，桃香近面惹春思。

## 题滕王阁

千古文章骄一序，我登此阁两空如。
霞分秋水与孤鹜，何顾高檐老漆朱。

## 题六榕寺

古寺春鸣不撞钟，青墙深守老城中。
千年云客往来事，苏子题名仰六榕。

## 题大佛寺

谁见菩提更袛裳？山门妙体仗云梁。
香火长作佛经济，方便众生脑紧张。

## 题大佛寺毗卢殿

欲求鲲壑不沉迷，休道众峰分距离。
云雨局中谁碍眼？浮生误作一盘棋。

## 海幢寺茶饮题句

参佛何如人自镜，鉴知佛在镜中生。
梵台香案无劳脚，六度风尘闻落英。

## 题饶庆寺

四大皆空难腹空，饥肠一顿更无穷。
六因求证山门偈，果在池鱼般若丛。

## 题《禅门》摄照

此门不相关，进出皆是还。
僧本如如影，参悦花木衫。

## 题erry摄影作品《寺》

一江流水酬山望，万里浮云空羽飞。
逢棘不知轻履让，梵门未必是真归。

## 壬寅年六月题紫云庐

又约紫云庐，竹前分密疏。
山门不扫码，口罩便多余。
斜径若飞疫，罡风顿解除。
天然承妙合，还与上医书。

## 题画一绝

尺山寸水傍云庐，白浪青烟各自如。
半世钓名不题款，偶而感兴写鸢鱼。

## 云水阁试题一绝

小舸水经营，网朝一面征。
迂回庄子问，不肯辨鱼声。

## 再题爱晚亭

名亭久坐臀易寒，岭上枫火已烧天。
低径随风移上影，老渠索性让新泉。

## 端砚艺展集韵四题

### 其一

上品原来出石门，岩家异色质同魂。
青花雅集端溪月，烟笼岭南十二村。

### 其二

长作诗书不入流，鹅池遗墨砚中收。
随心走笔欠龙势，闲臬真如凤点头。

### 其三

闲心由字不欣狂，尚仰红泥愧印章。
尺纸修如常悟澹，为斯濡砚墨生香。

### 其四

少学诗书求认真，游心宿顿夜与晨。
染毫初解一方字，洗砚终清百世尘。

# 题《云台山居图》 二首



## 其一

此山隐龙台，孤径人自来。
风踢我一脚，我撞云满怀。

## 其二

捉字驱词研墨勤，调心成序在兰亭。
具身才过一道坎，无径便飞千里翎。

## 题山甲国画《弥勒悠然图》 二首

### 其一

笑眼何曾入世流，拂尘空偈逗鸣头，
归山环抱锦鸡去，放下一肩两担愁。

### 其二

心归三宝一僧乐，肩挂二囊四序亲。
八面来风环七塔，六时五弄九弦琴。

## 范曾《老子出关图》试笔一题

老子出函谷，不知何所终。
后人寻此道，逐问夕阳红。
飘尘入泥海，征鸟绝天空。
关外散云气，蹄声隐若风。

## 疫期为友人乡村生态园题“寻乡记”

田园何止骚人词，大市人居应反思。
山水自设小疫障，一梁一溪总隔离。

## 初秋雨后题窗外小竹　三首



### 其一

一时青竹雨，偶感秋来凉。
小叶且行密，何人赠老窗。

### 其二

竹影送鳞苔，别枝非俗材。
复归生态好，无疫再重来。

### 其三

广府云绫何畏刀，寒流过处不萧毛。
众岩通秀枝枝竹，叠翠成群气节高。

## 口占潘胜利教授植栀子二题



其一

色如水仙一般白，香比山兰不二多。
应问人间风物主，清心何奈意婆娑。

其二

侍养何期花满盆，一枝二朵挺精神。
越窗不是争名秀，三分清气早动人。

## 题菊五韵

### 其一

乌乎一句诗，称羡众花枝。
不守朱门落，擅争边角池。

### 其二

山中野菊不知名，抱石临泉听早莺。
为避风尘长谢客，众花凋萎顿丛生。

### 其三

逢秋渐渐水流红，露往霜来云色中。
乍上菊眉终一笑，年年节气尽陶风。

其四

陶令归山曾绘色，黄巢落第不提刀。
一丛白菊逢初九，依旧凝霜结脂膏。

其五

与君对酒乐其歌，又许丹青取茑萝。
为便清香从月色，箫台疏浅卧东坡。

## 友人送壶戏题　二首



### 其一

寻竹山前有，观云水上无。
若勾弥勒肚，来仿紫砂壶。

### 其二

壶底禅机浮白水，罐中姿色在青山。
倘如一眼便看破，杏雨梨云岂等闲。

## 题《雪梅图》二韵

### 其一

雪随清气走，融了便是归。
乾坤生月境，争白一支梅。

### 其二

漫香允画侣，簇朵退桃堤。
欲与雪同韵，便邀月共枝。

# 咏荷十题



## 其一

耳目何知百事真，归心一物便无尘。
支荷照水清如许，为尔绝交天下人。

## 其二

六月荷衣飘翠丛，晴光尽泻一池中。
岭南若比江南句，应从莲子解初衷。

## 其三

临笔匆来夺雨痕，一诗吟罢欲黄昏。
若从宋词寻不到，便是唐韵锁其魂。

其四

尺水尚依稀，入玄夏雨肥。
纤腰支翠盖，香蕊裹红衣。

其五

红消翠减若无奇，十步焉能派一诗。
为解秋蓬风细细，清魂几度换香枝。

其六

新雨香支碧玉盘，小池鉴许白珠弹。
水中倒月怀青子，萍上起风落粉颜。

其七

朵朵含嫣叶叶青，新枝不举旧蜻蜓。
我从池岸向南浦，小径玄荫带雨丁。

其八

阴晴半卷水和天，即兴写莲余百篇。
不觉垂髫词脉浅，少宫丈席已三年。

其九

比年与尔结知音，山便子期水便琴。
问次东风何至老，莲台面面吐孤心。

其十

东风染黛不留秋，蒲水疏云独照头。
如步清词听玉韵，坐亭谁忆采莲舟？

## 题西林银杏

西林夕照正凝烟，问壁停车入谷泉。
不见闲僧盘地坐，佛衫如叶洒黄天。

## 苏子漫画趣题一绝

春怀三月上河豚，时误舆情看日痕。
几块诗文烹世道，一通吃喝解乾坤。

## 戏画无须虾兼题一绝

秋风空寂不添须，安道平心结剩余。
敢仗云烟千尺水，劫波过尽问渔夫。

## 拈八庚韵戏题宝瓶一绝

日一程来夜一程，斗移星转又三更，
餐云卧石不眠者，先敲木鱼听几声。

## 剪纸《雄鸡》题作

晓梦夜阑珊，打鸣声带宽。
功名何处论？高阶仗红冠。

## 题字怀思

我思女子叫江南，桑叶将丝裹细蚕。
云牖雀屏春尚早，风鬟暗许杏花簪。

# 第四辑

# 观

# 谒光孝禅寺六祖瘗发塔　二首



## 其一

过途偶参洗钵池，隔尘全靠老菩提。
千枝甘露伏禅塔，一杆清风辩圣旗。

## 其二

八面端庄仰角檐，腾空七级易闻泉。
幡风诺诺辨灵慧，是指菩提哪一边。

## 参谒禅寺饮茶呈韵以谢

云降丛林鼓忆僧，寺盘山谷佛传灯。
檐铃不惑遮一目，心事分明煮半生。

## 丁酉春与友游光孝寺观瞻洗钵泉

西来初祖禅粤城，于此凿井洗天尘。
空钵如如关经事，直由泉下问梵声。

## 瞻六榕寺东坡像　三首

### 其一

道是无期终有期，天涯形迹共神姿。
十年冷凳看清月，仍照乌台修病词。

### 其二

倾荡宦游京，平修儒道名。
自然人粉饰，天地梦经营。
上乘三生石，下归一案筝。
乌台频弄影，徙雁带孤声。

### 其三

黄州垦植宿东城，自别乌台鸦叠声。
赤壁估云蓑禅雨，平生本是泛舟人。

## 岳麓书院百泉轩即兴　二首



### 其一

当年朱子谈经纶，为楚有材天下闻。
过此只当能对眼，横张门票扫斯文。

### 其二

能至睡前明一事，可从泥下问双鞋。
蒙泉知足三生苦，尽绕四方洗笔台。

## 观岭南画艺展　二首

### 其一

草木本无凄，性空闻雨蹄。
大写穷高意，白宣尽瘦溪。

### 其二

长感岭南艺不全，着时飞渡小寒天。
夜风若是无泉带，一线月光引万涓。

# 与女儿观艺展　二首



## 其一　与女儿参观广州国际花艺展

环岭白云静若纱，作衣偏送女儿家。
不争红粉一时舞，次席低眉说杏花。

## 其二　与女儿观赏广州国际灯光节

闻在琵琶古韵廊，岭南夕下暖风长。
花城游赏灯光节，写影珠江夜来香。

# 郊舍观景四韵

## 其一　青瓜

篁径人来宾雀鸣，故园瓜熟断尘缨。
丹霞不舍夕中落，锦瑟应从壶里生。

## 其二　绿萝

爱以江南比柳烟，更因风色绿如年。
藤牵众叶生尘界，水注三杯养大千。

## 其三　莲蓬

百草滩头阴又晴，一番孟浪万波平。
粉衣拜让菩提座，隔岸听禅是叶声。

## 其四　观云

观云不识象，知雨忽将山。
暮色无人弄，当期宿鸟还。

## 钓翁　二首

### 其一

未问钓翁姓或名，一寻垂线众波平。
后垄三团青竹竖，前山两片白云横。

### 其二

天韵舍与草木同，花都云浅竹林东。
采诗一付快心事，坐看前溪立钓翁。

# 望春　五首

## 其一

春风又剪柳丝长，微雨初停已夕阳。
水下乳鱼不肯跃，香波几处鸭先尝。

## 其二

丛株烟蕊越篱墙，年柳剪裁勾燕妆。
一指初试阳春水，便知青鸭羽不凉。

## 其三

渌波鳞迹到春枝，误以江南烟雨期。
即景行人吟不好，当因蝉腹久无词。

其四

软泥脚下觅新螺，浅草滩头交老鹅。
始觉今春丝雨少，所由落叶道中多。

其五

时如春暖二月天，野渚群芳争俏妍。
南国新梅欠凌雪，高辞不愿举花前。

## 仲春杂句　二首

### 其一

渔父长歌飞洞庭，楚云怀雨化零丁。
低檐支燕可传舞，修竹过春不锁青。

### 其二

眉上疏帘几度深，雨丝曾作刺花针。
东风无处不罗锦，分取春禽三五音。

## 观鸟禽　二首

### 其一　夏禽

含辞未吐夜香茅，鹤客凫翁是故交。
玄水生烟知止足，孤禽归岸入通巢。

### 其二　白鹇

白蘋清庙音，乔木步南禽。
居溪三尺水，不从黄鹤心。

## 登山怀少年事　三首

### 其一

鸟向娲天呈风辞，岭从怒海夺云旗。
少年应觉襟怀小，所愿青山肯预支。
城中安得郊外禅，我要去拜一座山。
或遇云翼等闲面，也交涧溪随因缘。

### 其二

枝下碎光任岁剪，径前残卉掸夕烟。
既行风足上高岭，不信浮尘能擅天。

### 其三

道法自然万物生，轮流日月两盏灯。
群山倘若失钟毓，便似人间万座坟。

# 坐芭蕉轩临幕观雨即兴三绝



其一

长轩暑重阻行途，片叶蕉青联玉珠。
云不在天随鸟迹，落泉化雾入山渠。

其二

迅雨风先舞，青蝉叶后鼓。
百鸣忽止音，万物吮天乳。

其三

万千灵雀争彩排，长扯天帘久不开。
若是宛虹牵挂雨，遣支牙月当小差。

## 观静水之鱼兼答惠庄之辩　二首

其一

平缸卧水尾摇头，几度妄猜鱼乐忧。
试复濠梁明庄子，波澜低处见渔舟。

其二

水光清浅云光暗，横波叠影非一般。
之乎者也辩鱼乐，庄惠濠梁争半天。

## 观赏唐寅《空山观瀑图》

出涧清溪此处长，一经压韵过千章。
叶声偶尔来相和，为便流行带夕阳。

## 赏板桥先生《兰草图》

试遣江南打春枣，雨丝初复广陵草。
竹园引墨鉴兰魂，未欺一幅秋风老。

## 瞻仰鲁迅先生纪念像

自察民魂不健良，先生务必面颜苍。
纵嘲软语小鲜肉，横扫酸文老火腔。
眉夺孤夫三尺剑，心承病国九分霜。
指言儒士无风骨，多则沽名夫子堂。

## 观省博契丹印象展

游牧三千里，干戈万马中。
寥天生露草，苍雪落雕弓。
鼙鼓胡人梦，澶渊大宋龙。
燕云州十六，称史缺夫雄。

## 观白石老人画

齐老观虾伏水缸，仙髯入影及龙江。
春秋引案为灵笔，方便尺宣拜画王。

## 观范曾《老子出关图》

老子问牛道何处？青蹄直向函关谷。
一途默证五千言，首尾两头才相顾。

## 观瞻演觉大和尚佛书

佛见一根柱，直指莲花处。
正眼上空如，谁心需依护。

## 赏庭中玉兰与诸方家即兴戏作

偷云窃日捕东风，人渐皮老不耳红。
但幸玉兰花下作，今宵步韵镇词公。

## 壬寅二月廿四见作其二·坠叶

别枝临雀独鸣风，入境已随云水中。
见得枯藤悬坠叶，了知生死便从容。

## 壬寅二月廿三见作

随云坐夕欲香煎，禅室藏茶觅好泉。
闲径落花非避雨，繁枝闹雀吵翻天。

## 观莲呈迦陵先生　二首

### 其一

人至中年莫拜师，论心端坐小莲池。
适添三寸无波水，可借余涵长一枝。

### 其二

入暮休居约宋词，前尘影事月同期。
向山吹尽箫中曲，依水聚全帘外枝。

## 白梅见作

月影才由水影移，晓云过度夺风姿。
步行十里诗三首，舍止半丛梅九枝。

## 与子轩弈棋

由来天地敢为君，盘里江山值几文。
老帅帐前临小卒，楚河汉界不区分。

## 观夜芙蕖

逐句若参禅，贫心不羡仙。
分波碎银子，团叶小青钱。

## 观栅中虎

与龙共志心，终为小圈误。
平阳验虎爪，妥尾学猫步。

## 壬寅三月初六见作　二首

### 其一　羊园小景

近午风清日正悬，闲踪来去径如弦。
低池残水春芳在，高树隆花鸟影迁。

### 其二　羊园冬竹

纤叶瘦枝爱晋陶，建安藜杖赐山涛。
从来颂竹凭高节，未提寒风敢脱毛。

## 观《长恨歌》舞剧

高宇清光一玉轮，长生殿里臂如藤。
云台花事才通晓，燕塞朔鼙已认真。
帝王试镜鬓初浅，妃子探云梦正深。
谁欠大唐无限志，瞻前顾后总伤神。

## 观瞻佛像

本相无心最有心，八方贯气不流音。
佛因知觉一般若，禅舍泥胎争贴金。

## 观广图石氏赠书陈列馆

例行君子事，凋敝小人言。
见性书千册，明心月半泉。

# 第五辑

## 行

## 行吟　九首

### 其一　闲步

摩诘文章误酒期，弃壶独坐若耶溪。
水上有云能乱月，眼前无景不成诗。

### 其二　山蜗

小蜗往来谷雨间，随遇苔岩住几天。
不羡世尘无限事，哪知房贷按时还。

### 其三　途花

闲赋宅中离柳色，偶居溪下采风流。
平生得意二三事，踏月逢花花点头。

### 其四 卧蝉

上弃飞云下舍泉，流风不计雨呈前。
高枝如引一声响，万叶与雷斗暑天。

### 其五 见鸭

驰光又负小瀛洲，不见怀沙云上鸥。
众鸭推波争寸食，一番鼓舌仗青头。

### 其六 闻雨

滴滴答答滴滴答，答答滴滴滴答答。
答答滴滴答答滴，摇影窗前打杏花。
滴滴答答答滴滴，答答滴滴滴答答。
一树杏花半落下，滴滴答答滴滴答。

## 其七　听风

萧萧寒气刷秋桐，偶聚飞禽不觅虫。
桥支沪上无人度，休休落叶尽闻风。

## 其八　试琴

朝庙儒冠傍圣贤，临江渔父下鱼签。
春秋册里风流曲，白水文章敢印天。

## 其九　行作

箫心平剑气，日月别孤弦。
引风元头岭，伏龙三省泉。
低水从修竹，高风敢训天。
红尘归一处，转曲杏桃前。

## 壬寅清明　三首

### 其一

阴晴道上足平庸，但喜新词识旧踪。
过往青峰云几朵，停飞自在各从容。

### 其二

岁序三春不估天，百鸣交道落云泉。
清平乐调多填月，浪荡乾坤只写禅。

### 其三

烟雨岸边忽有无，东村百户柳千株。
那年泥燕雏儿嘴，互戏曾惊水下鲈。

# 暑日山中　五首

## 其一

野雀奈何天，赤炎亦照眠。
苍山垂翠耳，蒲涧出清泉。
三步诗求作，九层塔问仙。
竹林人报岁，无酒愧流年。

## 其二

前尘近利背浮名，青丝渐教白鬓成。
一生甚么为进退，千古如何算输赢。

## 其三

最闲无事可相求，忽忆长安太白舟。
入伏冰壶何处寄，今宵请酒驾云头。

其四

万木轮番绿又残，欲求心证影为冠。
仰看日月身微小，俯向蚁蝼足巨宽。
佛曾一指偈明慧，溪正双流分浅滩。
低舍煮茶闻雀子，偶鸣窗后胜群欢。

其五

且驱杂念复天元，昨夜雨停又几番。
些许微禽行绿水，半生豪步让青山。

## 壬寅立秋晨作　四首



其一

忽忆前宵写雨萍，青篁白雀似曾经。
岭南旧景何足道，久待淮书系长亭。

其二

莺迁乔木引笙簧，夜雨兼除暑日长。
近面清风无不适，坐泉何止舍炎凉。

其三

晴晨百步到江边，临水不如钓者先。
更见云舟成白影，鸥波几点忽飞前。

其四

同根归叶不曾扫，为续前缘今又早。
最是余情山外山，空空荡荡除飞鸟。

## 临暮见作　三首



### 其一

古道复归云走前，日光已散那山边。
屯庄新犬一桥水，斗笠老牛两雨烟。

### 其二

日落明天称作今，水止低洼不碍心。
推演一盘儒与道，认知三户鼓无琴。

### 其三

长夕蝉冠树，低云雁齿桥。
柳门逢杏酒，蒲友属渔樵。
秦沉三户楚，风舞一支箫。
临夜疏帘揭，隔河弦月飘。

## 途次闻见　十一首

### 其一　山客

山中无暑气，道作绿阴廊。
邀友同相乐，百禽披锦裳。
新蔬才野出，老酒经年藏。
忽唤余篷子，接盘冲瓜霜。
溪卧舍前侧，竹摇帘上方。
游云曾试落，数朵止榆桑。
谦客应知意，临厨谢妇忙。
妇言菜朴朴，期我好诗章

### 其二　山舍

欲寻方便门，大疫止于村。
生生复克克，亡迹不留痕。
求影三修竹，摇水晨与昏。
卜筑从溪舍，素退弄儿孙。

### 其三　水岸柳桃

桃含燕支点绛唇，与柳比赠一岸春。
雨意三千称弱水，万绦垂下百枝横。

### 其四　宿园蕃茄

枝头翠叶比娑娑，下列纤藤兄弟多。
引酒分颜非宋玉，宾筵闲处雨临箩。

### 其五　篁山茶舍

我心倾自然，久不见炊烟。
袅娜藏太古，淙汩出玄泉。
蝉鼓千尘外，疫冠一世间。
山中无病子，行卧可由天。

### 其六　再访竹园

岁寒知竹友苍松，调寄南梅二度中。
为应柴门风影重，主人已煮老单丛。

### 其七　坐竹里馆

不登方便门，偏爱山家菜。
闲煮一壶茶，对酌亦愉快。
云垂竹上边，雨去晴含黛。
顺耳听流泉，嘤鸣三步外。

### 其八　仙村采荔

五月仙村荔枝红，千年飞骑识后宫。
若知妃子怜谪客，两代文雄诗不同。

### 其九　近山家酒肆

乐于纵目又收心，不计浮名近古今。
曲阶苔藓纠日月，平生学问绝山林。
偶逢高竹止云道，终劝浅溪向海吟。
谷下如寻柏梁宴，囊中应愧野闲禽。

### 其十　过故人庄

茨草藏雏仔，雄冠鸣玉谿。
农家除杂粟，走地一丛梨。
鸿儒缺上席，箣笋带新泥。
问酒近三日，分杯等客齐。

### 其十一　竹轩雅集

一盏佳酿茶两杯，且凭轩榭霓影催。
宋风唐韵晚来续，壁上丹青走迅雷。
竹案过云千点墨，布衣着意一支梅。
鼓琴若遇樵夫问，流水有心峰自回。

## 重游故地　五首

### 其一　游夫子庙

状元桥上儒冠齐，雕心只为破龙题。
晋爵不食三春面，退舍岂逢五柳鸡。

### 其二　过乌衣巷

又逢王谢旧瞻堂，燕子归来无落梁。
画檐自照秦淮水，依是嫣波索月光。

### 其三　谷雨日扬州

老柳爷爷长些须，近根垂下瘦西湖。
青天巡值坐云阁，宾雁在飞鸭在凫。

其四　黄鹤楼有赠

俯江九派一支开，飞阁重檐万境来。
天下何景依黄鹤，李白笔迟凤凰台。

其五　湖边人家

烟雨岸边忽有无，东村百户柳千株。
那年泥燕雏儿嘴，互戏曾惊水下鲈。

## 岭南行吟　四首



### 其一　游岭南诸山

游阅岭南一众山，会峰不计上高端。
仰天俯地心无距，万物同参云水前。

### 其二　登旅亭台

尺波澶漫意纷呈，天序逾秋渐朗明。
高岭尚知怜下草，始从岩隙底层生。

### 其三　琶洲江岸行

不与尘逐且行歌，自鉴形容亦佛陀。
道岸曲通人迹少，江天往复白云多。

### 其四　与女儿游园亭坐

当夜退星潮，冠风南国蕉。
翠珠常合面，稚气未全消。
眉山春豆蔻，钗雀凤鲛绡。
为照灵池水，许之千万娇。

## 罗浮山旅记　四首



### 其一

罗浮山上绿参差，逐日飞光扫旧词。
琴剑久沉云俯耳，指途山水以为师。

### 其二

垂光直壁几根线，过鼻清风一口泉。
欲仿僧家晌不食，腹中匿稿可为餐。

### 其三

雀戏谷间几枝竹，石倾溪下一顿烟。
乍晴如道莫忘伞，毕竟罗浮五月天。

### 其四

山中道士隐苍翠，闲望紫云一片飞。
客问暑心何得解？不摘龙眼剪杨梅。
黑犬生毛间有白，复从仄径入柴扉。
深岩衡水因泉滴，出谷应回几声雷。

## 游园即兴四韵

### 其一

十亩流光春水疏，芥舟知止不惊鱼。
但求漂叶随青老，可注百章君子书。

### 其二

久期碧月照泉林，生齿派分兽与禽。
喧市微尘疑不厌，遣怀肺腑止于心。

### 其三

细叶斑斓作翠帘，俯身镜水以为天。
疏通古道当归朴，坦荡词章教少年。

### 其四

清水玉珠随盛夏，赤炎天气近中秋。
新晨每次看荷色，依旧盘梳青翠头。

## 行吟三首呈道云上人

### 其一

今人爱咏古人诗，山水参差王谢旗。
入景千般吟不出，平生只笑一书痴。

### 其二

人过四十少读书，浅悟与心磨须臾。
且分穷目至孤处，云表西峰属异株。

### 其三

捷才自比郑屠夫，一时豪咏已分途。
不须平案论深浅，我写诗词他杀猪。

# 山中即兴　五首



## 其一

清风止舞花不依，扶疏光影蝶翎飞。
舍外初晴迁宿雨，溪前别梦绿蕉衣。

## 其二

欲行又闻山户鸡，花容未熟雀来齐。
人盘高位知低处，可视悬峰如钓溪。

## 其三

一路看来一路丢，前头春景后头秋。
归墟渊角无人步，曾是汉庭明月楼。

其四

人固难约风情早，海棠欲言笑我老。
半枝试手截余红，春后另藏粉脂稿。

其五

前途山水另相看，发表不投报与刊。
漫写岭南无截稿，独吟清句斗孤禅。

# 第六辑

## 忆

## 忆扬州别　四首

### 其一

客逢三月备文辞，为下江南采点诗。
草浅尚遮云鹭脚，蕊红先举杏花旗。

### 其二

初升二十四桥月，已谢三分之一花。
菊醴从今伤露白，裁诗不敢寄天涯。

### 其三

影孤上月楼，词重发蘋洲。
白水流光远，几曾代雁收。
应复三千首，报安一倡酬。
冠疫期长绝，许君广陵舟。

### 其四

客舍疏帘二月春，榭台弦月忆良辰。
少年初别秦淮水，为渡扬州梦里人。

## 忆故乡老巷雨声三韵



### 其一

老巷雨声似有无，榆前槐后斗蟾蜍。
初煎三月香椿末，疏户空梁新燕居。

### 其二

出巷杏帘逢古今，入春细雨弄孤琴。
江南平素怨才子，何止柳眉一处深。

### 其三

啼血杜鹃一故之，年年会约更如期。
西塘小巷往春雨，青杏红墙今日词。

# 饮苏州新茶　二首

## 其一

追忆春风初挑帘，欲辞二月杏花檐。
此茶香淡除碧色，水妒江南嫩芽尖。

## 其二

一箫风月竟无词，已逼岭南花万枝。
迁让魁星将进酒，乐从樵父步闲棋。

## 怀金陵旧地

白露洲前原旧村，词章尔雅复王孙。
金陵一度罢歌舞，箫剑交鸣玄武门。

## 忆淮安梅

香尘一步朵千千，昨夜雪飞不畏天。
当指庭风多解事，何分丹白叠枝前。

## 丙寅旧照忆苏州浒墅关

长送雁函浒墅关，晚秋不舍弃红颜。
云鬓倾耳一城笛，仅此绍衣认少年。

## 腊月廿九时雨送友归京

故人别广又年征，烟雨随车归凤城。
若至蓟门春驻柳，题诗莫忘报兄名。

## 正月初五寄江南吟友

日余三十又春分，千户柳花吹入云。
风骚欲止枫桥夜，渔笛樵琴不忍闻。

## 忆少时母嘱不打喜鹊之事

久仰长吟尚寂寥，分星历历属良宵。
寒春莫打欢天鸟，双夕报身须架桥。

## 中秋思母

岁至中秋未归家，霜衣游子最念她。
不敢东瞻故乡月，纠葛老藤屋上爬。

## 阿姐寄家乡菱角米

长夜清砧菱角塘，乡思不便问重阳。
庭前丹桂锁云牖，新月何堪移旧霜。

## 忆家杏

三月青杏五月黄，街坊行人多摘尝。
红墙主人已不在，雨燕衔枝另主张。

## 端午前作寄乡人

旧堤分燕谢家楼，赠诗折柳白蘋洲。
青丝尚记如初面，正待回头已是秋。

## 客岭南寄淮安亲友

构章即兴筑文字，落笔如期送雁书。
应念故乡菱角老，流溪八月羡秋鱼。

## 夕下空巢

枝生万叶从一株，山若环水不相孤。
母在子便有归处，巢空鸟最迷往途。

## 赠同窗书

词为君道字为臣，三弄梅心各寄春。
冠古文流赢史册，断章名下读书人。

## 咏故乡淮扬菜　二首

### 其一

南北分呈百味潮，淮扬佳宴水风骚。
鱼虾蟹鳖循循列，哪个龙王敢兴涛。

### 其二

嫩瓜分片覆青瓷，酸笋摆条卧玉姿。
莫笑椒花红里瘦，代梅催酒并三支。

## 与金敬迈先生聊金陵旧事



吴宫文藻丝竹调，金粉六朝风月稿。
燕子矶前烟水轻，石头城上女墙老。
秦淮夜，灯如潮。后庭唱毕楚腰少。
王谢酒旗参宅堂，巷花空艳何人吊？
南北一江豪杰消，帆樯芦荻依来早。
多情难睇朱雀桥，秋露无心伤野草。

# 淮水春螺　三首

其一

小韭芊芊正嫩时，清明水岸鼓螺蛳。
儿童喜食勤催母，顺带槐花打一枝。

其二

二月遣催杨柳寒，草生暖水挤鸭冠。
儿童喜见春螺早，呼友归家取竹箪。

其三

万顷湖光千景和，百柳头上月消磨。
玉盘不厌试新爱，三月春韭吻青螺。

## 片藕词

柳影花阴田舍郎，少年最忆是荷塘。
人生百味逢佳藕，望水青盘玉齿香。

## 宿山遥寄

分韵吴波戏柳鱼，楚云邀客宿山居。
花城元夕闻春雨，念在江淮各寄书。

# 淮支三望　三首

其一

临淮雨燕别无枝，问柳东风万户丝。
此复天涯云水客，中流勿念故人词。

其二

淮水汇支云影东，中流远望更无穷。
东风回岸柳丝乱，以便粼波入夕红。

其三

江淮自古入名流，一脉二支接海头。
吴楚龟山争雨气，龙鳞义水锁泗洲。
金胄镶旗偃密苇，岳王饮马镇寒戈。
长堤欲暮通云霁，当记锦帆别宋楼。

## 近壬寅中秋登粤山东望

徐步且留痕，凤台千足跟。
他人方便处，即是菩提门。
越山从晓日，枕水止黄昏。
谁共登高赋，遥思送雁魂。

## 壬寅中秋客居广州寄胞亲

老大长思旧瓦房，胞亲分散在他乡。
但求明月今宵好，不寄归心白似霜。

## 壬寅八月十七作

追念旧情来复回，冰蟾影下访花魁。
顾天黄叶何人扫，入户秋风第一堆。

# 第七辑

# 禅

## 禅寺题句　二首

### 其一

菩提本直不横眼，眉上卧眠一枝莲。
关尔云头甚么事？飘来荡去老半天。

### 其二

菩提树下作禅邻，还送步前一念尘。
佛若居心当自拜，何呈假面去躬身。

## 大佛寺梵座

佛坐本无身，至虚暮与晨。
扬尘非入眼，何劝扫尘人。

## 罗汉堂偈句

罗汉称五百，玄尊一妙门。
每行上云乘，不用洗脚盆。

## 卖“禅”字

笔走几行欺白宣，墨飞三尺戏龙泉。
名微右角下朱印，高价历来让官员。

## 植物三题



### 其一　荷

丛鸟交鸣灵翅飞，香风归入绿纱帏。
水痕非仗三春雨，月色却赠一夜衣。

### 其二　竹

千枝疏影送其鸣，云锦天章各不争。
甘作孟邻凭节骨，霜皮老竹住秋声。

### 其三　绿萝

岁寒观物最分明，鸿爪雪泥易证心。
无量玻璃杯里水，欣然生养一丛青。

## 篁山六日　二首



### 其一

金风不证禅，篁竹自成烟。
初照从幽处，嘤鸣入野泉。
安足归三世，所心弃百筵。
如期无迹雨，竟是一般天。

### 其二

不羡他山百丈悬，声微也共竹丛鹃。
曹溪由此寻常去，杏雨梨云一带禅。

## 客山户　三首

### 其一　秋茄

道士临晨坐紫阳，僧人近夕掸尘裳。
长茎细细吊清气，皆入山家老竹筐。

### 其二　南瓜

偏区植类也拉群，另见洞天求百闻。
修竹攀云高几节，倭瓜卧土矮三分。

### 其三　青瓜

书斋久坐笑名流，酒赋应登山户秋。
何等重阳赊景色，摘瓜不误雁高邮。

## 庚子腊月廿八晨作

兼修儒释道，分遣酒琴茶。
逢辰非一说，延养小坛花。
流泉为解意，休止作低沙。
云飞不绝鸟，日落已还家。

## 题清水鱼

入定三禅如洗泉，抱云枕月等同眠。
底清易见鱼无相，从石影中水让烟。

## 时雨又题　二首

### 其一

迅雨云中舞，青蝉叶后鼓。
百鸣止风音，万物吮天乳。

### 其二

让波三尺水，渡岸一层光。
逢者如参问，中途领十方。

## 登阶

一步不留痕，登阶千足跟。
他人方便处，定有菩提门。

## 题落叶

长知老树缚新皮，霜干贯通为几枝。
不向光阴索合约，顺时落地算如期。

## 绝句

行足当飞翼，坐翁称钓仙。
青山联白水，生养万波烟。

## 彼岸

浮生不作阁中修，自派云衣天渡泅。
日赏三千波上景，宿归一舍雨前头。

## 过途　二首



其一

果因三界真，偶尔看红尘。
红尘哪深浅，笑问意中人。

其二

访山偏宿水，见鸟又归云。
人在尺波中，还寻可渡人。

## 与僧说赵州禅　二首

### 其一

听泉不见岩上流，觅食亦知鸟低头。
俗地梵天原一径，半途多少旧鞋丢。

### 其二

不拿云雁比泥鹅，何误青萍是绿萝。
登阶头顶光环大，归道脚跟阴影多。

## 壶趣　二首



### 其一

禅衣即雨蓑，坐卧菩提螺。
久盖余香坠，腹空非议多。

### 其二

茶叶笑壶嘴，斟杯细且长。
几番经滚水，无齿嚼余香。

# 与君茶　三首

## 其一

春风两度雨，茶色三分禅。
才酌柳云处，又移泉眼前。

## 其二

久置不长言，香茗煮几番。
壶中流活水，便是好桃源。

## 其三

浮利交逢不占前，高峰让道白云先。
千种读文分杂面，半杯龙井聚禅烟。

# 第八辑

# 论

## 《花城寄》出版偶感　二首

其一

京粤客居二十年，问安淮水一分禅。
尘缨不擅凌云翥，便入荷风到笔尖。

其二

每天诗一首，别册集词书。
已著花城寄，待签云梦渔。
西关会箫友，东麓飞笛庐。
凡世尚全仗，步行长胜车。

## 《花城寄》出版奉呈叶嘉莹先生

修辞因奉笛中梅，久客花城洗韵杯。
当集禅风续唐脉，此书不应愧王维。

## 论少年行读

读书何止在课堂，足下亦多好文章。
行至舟前临下渡，便从滴水阅汪洋。

## 写诗杂感　四首

### 其一

叠句终成假大空，但求浩荡便东风。
词穷应愧先输意，入境由来山水中。

### 其二

天不画矩宜乘云，山阴坐道笼鹅群。
入松风骨誉三绝，遵命文章朽几分。

### 其三

陈典一堆还俗家，不期修古属奇葩，
偶辞旧作欠新意，自比王婆卖老瓜。

### 其四

古今江岳老模样，一代风骚止宋庄。
非是旧诗不可写，实无新气覆全章。

## 广州市少年宫教授诗词感怀　六首

### 其一

律合平仄十分奇，联韵传承是可期。
绝句三分吟一首，七分留下续填词。

### 其二

清疏童齿见诗翁，与境相通或不同。
十年飞句三千首，比兴长随万古风。

### 其三

曾记江淮十二春，学诗随日见天真。
高情不畏陈王赋，余韵流风交后人。

其四

未拒辞章列网红，所归师表授青宫。
另诗一格求平仄，同韵双联押古风。

其五

课材已作伯牙琴，律韵从溪各自吟。
年少诗心多及物，天然四声可标今。

其六

少年啸傲旧王孙，破格学诗先入门。
楚水燕山称写手，将心裁句著乾坤。

## 贺万振环先生《花地飞鸿二十年》出版　二首



其一

云章勿忘系孤篇，花地飞鸿二十年。

雪案无声催故月，如闻笔迹往禅泉。

其二

一集兰章千百篇，今呈旧笺忆从前。

逝光忽报知音老，花地飞鸿二十年。

# 《从溪学舍集》拟出版有感　二首

其一

北漂南寄谢飞鸿，并册兼容婉与雄。
白发偷生双鬓下，穷章弹指一壶中。

其二

谢天雇我几十年，经略新诗三百篇。
随荐文思能绝句，此生不愧一山泉。

## 翠痕居与晏老论诗　三首

### 其一

翠痕居上引兰章，不负诗人一寸肠。
每写冰心从晏老，良辰正是午时光。

### 其二

青枝朵朵缚香缨，尽染春光窥玉卿。
骚客工愁情晦涩，蜂臣采蜜义分明。

### 其三

谋篇云外举飞鸿，并日雄词射大弓。
百步沽名因笑止，岭南催我打头风。

# 竹园品笋呈刘陶、永宁诸贤句　八首

## 其一

人处岭前莫仰高，取光万丈一微毫。
欲知滴露宽如海，当识浮云薄似刀。

## 其二

随云坐夕欲香煎，禅室藏茶觅好泉。
闲径落花非避雨，繁枝闹雀吵翻天。

## 其三

亦乐无知不识花，此心足以误琵琶。
若期弦索低眉语，当是清风月影斜。

## 其四

坐看叠竹竟从深，引友相醅四五人。
但问本心无应答，不思他处有风尘。

其五

晴光初上众青枝，千叶迎风别雨期。
幽步当逢人少处，闲诗每属趣多时。

其六

八方云客借蓬莱，小宴闲推酒浪开。
非必拼杯笑桌下，分明度量君子怀。

其七

竹下寒喧君子论，茶中香气佛家禅。
试从江月识花影，其实一般欢喜天。

其八

言言乐极又终哀，春老柳风莫细裁。
即兴为诗当日记，随心迁就腹中才。

## 立夏次日呈曹溪堂上人　二首

### 其一

江河不废古与今，钟鼎山林复鼓琴。
庸日煮泉茶结尾，雅章敲句酒开斟。

### 其二

毫私自蔽利与名，八股陈词誉白丁。
斗胆责编平水韵，代人作序总批评。

## 论李杜诗

李杜诗风不一般，一者行地一飞天。
若取云章分锦绣，当期巴酒望归年。

## 诗评柳宗元《江雪》

一绝统五言，一翁称钓仙。
白岭联白水，生养万波烟。

## 审稿自嘲

五十集书一寸丹，难为纸上改与删。
形容观点渐柔软，棱角文章不怼冤。

## 论新诗

五四彰闻白话人，千年宗体废无伦。
新诗运止顾城死，才见清奇汪国真。

## 与友人谈岭南文事　三首



### 其一

正读兰章无雪痕，岭南文采欠雄浑。
白云山下多情水，不似黄河一样奔。

### 其二

泉经鼓石复由之，霜叶逆风呼作旗。
谢客十年春凳冷，坐名千首子衿诗。

### 其三

雁飞云宿九霞觞，山水归真非宋唐。
计入弦诗名不俗，千千韵叶叠余章。

## 周末闲作　三首

### 其一

乐将日记缩成诗，长以酒茶刊一期。
心志当涂云半卷，镜中物老不相疑。

### 其二

春秋一叙百家齐，有辨求证蛋与鸡。
前论如关定基调，东窗除非破晓啼。
顽石卵造孙行者，蛇妖水生许仙妻。
天壳初蒙分黑白，等出风头带霞霓。

### 其三

闲书慢读二三页，香叶热冲四五杯。
妙在灵心同贯入，不由一字败寒梅。

## 叙李白与长安事

李白云游仗日闲，斗诗一直到长安。
凤宫乘月酿花酒，单掬金杯赠玉颜。
明皇侧揽真妃笑，便令众芳参牡丹。
夜宿骊山新露少，春风殿外扑栏栅。
霓裳环舞引天曲，妙句长生诽谪仙。
朝睽华清池上阁，红霞伏岭似烽烟。
铺衣借卧东城柳，醉魄不登天子船。
回履蓬蒿从鸟道，渔阳鼙鼓马头喧。

## 水浒人物杂评　六首

### 其一　武松（之一）

横扫拳风虎脊长，举名醉月景阳冈。
那案人亡论兄嫂，此楼血溅曰鸳鸯。
苍天不便少生灭，雄杰何须多杀伤。
二郎一臂呈宋史，未止帝王演荒唐。

### 其二　武松（之二）

二郎快意夺人魂，飞刃楼台溅血痕。
谋虎一时三碗酒，义输单臂止西门。

### 其三　鲁智深（之一）

一百零八汉，并伙啸山林。
惟明大义者，当属鲁智深。
断恶行禅杖，拒官耻帝金。
非道弓藏尽，亡此在愚心。

其四 鲁智深（之二）

所归禅杖为青灯，已胜江南血染藤。
名冠梁山余大义，史称亡宋并非僧。

其五 林冲

八尺丈夫称将郎，休妻止步练兵场。
长枪夜镇山神庙，卑位早输白虎堂。
献刀岂避连踪祸，张胆无端带血亡。
读罢公评梁山汉，英雄多半欠主张。

其六 高俅

万夫经验足与头，大宋蹴踘太尉球。
市井皇苑无别类，终而斗技破金瓯。

## 论煎蛋诗　二首

一

仰止灵均至润之，万家门户足称奇。
闲搜百度花名册，自古查无煎蛋诗。

二

破壳归因无限痴，平锅慢火待相宜。
知油浅见移香道，乐比金元裹玉脂。

## 五十自叙

交岁咀春秋，天天奔着老。
朝还喻为花，暮又比成草。
忽悠至中年，知足饭半饱。
恐人称油腻，糖醋泡上枣。
血压不升高，眼花没提早。
身热汗微微，撒丫小健跑。
腰围三尺三，平腹储诗稿。
浇花乘日晴，美得不得了。

## 年终打油算小结

前序宴山酒海，后记篁箸素碟。
每天劳步八千，落个肚腩全灭。
赏析风来雨往，编辑阴晴圆缺。
谨签新书印单，随试文房砚笔。
微信朝发夕剿，周旋诗词游击。
怀志云中托鸿，九天放心揽月。
沦逸潭下潜龙，五洋欠胆捉鳖。
铭箴君子之修，言谦行兼敏捷。
体己不记他过，遵道勿轻僭越。
警舌闲扯功夫，拒沾中年油腻。
绕道且过儒门，逢场终为作别。
一项文冠虚名，几家协会见习。
偶感打个喷嚏，当认豪词半阙。
泉清自照人品，念善方验禅悦。
训子渐次语软，教女初弄青笛。
早起顶妻值厨，小烹见证真切。

# 第九辑

## 词

## 自度曲·唐寅《吹箫仕女图》赏意

笛如词，箫如诗。空檐待月总嫌迟。倩影近窗风渐浅，玉庭黄雀枝。

长柳不遮天外梦，孤杯寥落鬓云稀。误看过雁当归笺，断字仍相思。

## 醉花阴·读唐寅《桃花庵歌》

是夜夭桃浥新雨，仰簇无人数。何处寄东风？依是闲庵，一垄清凉土。

箫声末断歌如许，醉卧闻花语。几味解春秋？竟任枝头，繁败不知苦。

## 踏莎行·夜荷

蝶梦难终，花辰易醒，清风玉露何人饮。才披月色醉三分，已耽素手垂云锦。

青眼香腮，银波绿枕，箫郎不见和衣寝。为消过客步徐徐，暗裁一叶作孤品。

## 摊破浣溪纱·黄昏

几度春风入梦迟，黄昏又近水前枝。归鸟将心联旧景，弄花姿。

南岸寄词明月处，西窗蘸墨凤凰池。何限琴音亭一角，雨如期。

## 临江仙·花溪

初度燕声何处去，隔墙春色丛丛。香尘不误水流东。笑云穷肺腑，吐尽百花红。

人到溪前方止步，坐看波影空空。渐由霜鬓叫青童。槐南还梦债，枕上却相逢。

## 浣溪沙·自嘲

捧场研会甚讨嫌，次愧量小酒三钱。千般心计归厚颜。

又闻如是名过耳，忘追浮利临眼前。不抖机灵迎上权。

## 望江南·牵牛花

催昏晓，似带一分娇。西雨含烟频有趣，东篱吐翠偶无聊。独对故人桥。

## 临江仙·西池看荷

初望西池云叠叠，偏偏雀下青横。荷钱更在水中生。孤香枝上结，却惹风盈盈。

何叹韶光藏绿袖，问期玉露金缨。欲散良宵月正明。佳人频劝酒，归去万波平。

## 醉花阴·近端阳

徐步南园初歇雨，阵阵池蛙鼓。孤径恰逢晨，清气盈心，一贯临端午。

又斟俪句诗情古，还念兰魂舞。两袖坠风流，千世同尘，醮荐离骚赋。

## 自度曲·茶舍

诗亦相顾，词亦相顾。新茶入舍环峰雨。指上沾香为谁许？

壶里寻月，杯里寻月。清梅弄影从窗越。客心全凭一支笛。

## 摊破浣溪沙·读《花间词》

舞在青枝凤阁台，盈盈曼妙蜃霓开。眉上含烟许弱水，待君来。

执手并看棠几朵，共茶未语胭双腮。如是逢溪临别柳，莫相猜。

## 西江月·浅酌

足下一般无碍，词中别样余禅。休拿雨色证风颜，高境原来素简。

诸事平衡兼道，众流突兀同泉。尔倾云柳我吹烟，浅酌春秋羊晚。

## 自度曲·品画

素花青草，粉蝶丹鸟，枝上风声嫩渐老。补白题词休过早，徒悔心思没尽表。

又疑笔拙，还嫌墨少，伦色分明暮到晓。笋石浮云相执拗，依次春秋偷换稿。

## 点绛唇·谁误飞红

谁误飞红，池生寒水无缘故。曾与春住，携酒推云户。

也唤秋来，闲坐关情处。闻卿语，借篁山花絮，宛比三都赋。

## 虞美人·弘一法师（李叔同）

几声清笛送归脚，欲暮青山杳。裟衣净牒寄梵灯，柳影飘摇只为君一人。

春帆秋桨凭渡过，深爱最沉默。千般心意化莲丛，由此出尘不敢并蒂红。

## 菩萨蛮·登秋

霜红酽酽临江别，词章自古伤秋绝。日影照高崧，入溪了无踪。

经年飞一渡，托雁广陵赋。又念敬亭山，荻花云水间。

## 西江月·怀乡

惯看长堤明月，偶闻绿叶新蝉。烟波夕下更缠绵，浪里云帆几点。

曾作通衢南北，今宜文旅宿眠。寻幽古巷杏花前，应信春风不倦。

## 天净沙·午夏

廊前鸟外浮光，葛衣更沐檀香，琴案碧螺泡上。几番指浪，临厨细作羹方。

## 天净沙·山家

横峰侧岭云裟，箐溪瑶草野瓜，宿鸟一时尽下。白墙青瓦，几排山里人家。

## 自度曲·行山记

晴光处，阴暗角，尘埃照例随时跑。烟谷才平乱坟岗，高梁又筑释迦庙。

叶沾雨，花带傲，一枝常验轮回道。若是天序匡人伦，哪有春风不挂笑。

## 一剪梅·有赠

岁入深秋人渐寒。案上香闲，笺上无言。余光暗换盏中禅，酒寄义山，茶寄易安。

水榭又思春絮帘。执手江南，分手岸边。柳丝风袅至今残，雨占几涓，燕占几喧。

## 西江月·花都道中

让色清幽山水，许眉旷逸云天。秋风已是误中年，黄叶打旋几片。

宦席无非杯酒，月场不止柳烟。欲辞窗下复盘桓，散了鸟啼花怨。

## 自度曲·再游秦淮河

石头城上烟云布，紫金山下江津渡。极目望吴楚，郁郁苍苍树。

十里秦淮今至古。雕梁花辂，粉黛无数。乌衣栖堂燕，王谢传笙鼓。旧祠铺新路。最忆楼船青袖舞，更添酒帘才子赋。皆为明月雇。

## 自度曲·花词

闹哄哄聚，冷清清散。春花怕入秋风店。雾锁楼中云客梦，露分檐外帝王燕。

实在在看，空幽幽怨。芳魂几曾识人面。对酒应逢梅一株，作词宜学柳三变。

## 自度曲·咏梅

一片寒云，横依丛雪。似起凌烟三二叠。初绽数瓣试吐红，序合花间词半阕。

心许唐风，魂还宋月。凝香轻剪风尘页。拢影恐以笺为栅，素袖嫣腮不敢越。

## 南乡子·米

母训真铭心，粒米总关天地情。旱涝农家苦灾日，悲鸣！花鼓他乡带泪吟。

气象一时新，饥腹渐而远当今。富庶应思前岁贫，安宁！节约行餐每碗清。

## 自度曲·秋望

长客岭南种月瓜，一般心事寄杯茶。行亦天涯，归亦天涯。

望我故乡芦荻花，饮霞醺鸾荐金纱。这岸秋家，那岸秋家。

## 西江月·坐石望岳（平韵）

仿作几行古句，偶成一首新词。吟怀多是空话题，风色磨我眼皮。

白笑平生耽迷，青云立架天梯。忽知情物两相欺，金帑换它土鸡。

## 南乡子·中秋在望

秋仲望归心，一曲潸涔《慈母吟》。游子倾怀赋寸草，何凭？今夜许风吹月亭。

网购票单轻，高铁穿山越水频。千里获花淮上瘦，依听。老巷影孤唤乳名。

## 清平乐·小黄车

轻型尚巧，横纵方宜找。旋即风行通捷道，繁市飞群黄鸟。

赶时地铁人多，公交挤载几何。自扫一元启步，图个快意颠簸。

## 十六字令·秋

秋，瑟瑟江潭出雁头。啼长调，低迴芦荻洲。
秋，五岳金光天网兜。滴风色，云归黄鹤楼。
秋，万古新词千缕愁。稼轩句，至今唱不休。

## 浣溪沙·秋

对岸蒲枝已渐黄，残荷凝色谢池香。韶颜怜在夕光旁。

惊节千波牵蔓叶，并云三尺载秋霜。雁来雁去雁思长。

## 菩萨蛮·螳螂

捕蝉亦作枝间秀，尾身黄雀噤声后。自感擅观瞻，目前一片天。

位居某某处，左右皆高树。锯木已三年，挡车成笑言。

## 虞美人·得清远山蜜送女儿饮

探春时节风盈漫。雨后芳清远。盘鸣恰被鸟同枝。千蕊争翩、为酿水云词。

殷勤鼓翼扑花粉，不负春光等。山家女儿眺山峰，蜂去蜂来、频入笑颜中。

## 渔歌子·春园早行

信步晓园先赏春，光阴不是旧桃痕。
物净色，天无尘，东风待送纸鸢魂。

## 浣溪沙·光孝菩提树

耽问千年坐此尊，轮回日月作梵灯。不喧老叶近前人。

晨雨有心闻旧过，暮风无意带新痕。缘根通晓屈与伸。

## 蝶恋花·为2017年广东小学生诗歌节小诗星颁奖有感

南粤风光依次好。簇簇芳枝，尽占百花稿。丝竹才鸣新乐调，宾王鹅戏池波早。

独有童心能任描。生境自然，真趣夺天巧。笑我情怀逢月老，不疑诗意输年少。

## 鹊桥仙·平菇

日用本草，饮膳正要，上野珍菌元老。富贫分桌辩佳肴，不外乎蕈菇地道。

香羹素水，简烹沸焯，厨案最省佐料。虾仁豆腐烩其鲜，来搏个青儿嫣笑。

## 西江月·观音山未行谢友人邀

求学青山绿水，托心云白天蓝。新辞老意入词单。春蕊夏花齐眼。

有定可应千变，无孔方能洞禅。薄衣适令套层棉。笑对秋风一剪。

## 自度曲·归乡酒红

乡思恰是因乡远。宛引萍梗，年年缱绻。几梦寒夕归膝下，恩母余晖，温明灯盏。

昨夜酒红杜宇染。又怀老巷，回首轻潸。桑梓残月杯中圆，客心难寄，千里弦单。

## 自度曲·咏梅

一片寒云，横依丛雪。似起凌烟三二叠。初绽数瓣试吐红，序合花间词半阕。

心许唐风，魂还宋月。凝香轻剪风尘页。拢影恐以笺为栅，素袖嫣腮不敢越。

## 自度曲·烟雨楼

初涉津头，寒烟笼尽一城楼。望断江南多少寺，雨诉千秋。

柳垂岸舟，曾携青袖对吟俦。无奈横垣石空老，欲罢难收。

## 自度曲·小品

素花纤草，粉蝶小鸟，枝上风声嫩成老。补白题词莫过早，徒悔心思未尽表。

休疑笔拙，不嫌墨少，伦色分明暮到晓。棱石浮云相执拗，依次春秋偷换稿。



## 自度曲·诸同窗归乡索词又寄

耽迟春色思乡早。东湖漪沦，西堤芳草。枝头才见榆钱小，逐絮随风一阵找。

如归故里常议少。歌对俚谣，纹欺眼角。同窗共席易醉了，比酿青梅旧腹稿。

# 第十辑

# 联

## 从溪学舍自题联　四则

其一

龟虽寿，生于静美；
花如零，落亦缤纷。

其二

若与飞花传令；
怎和落叶比心。

其三

诗逢高境，除华藻依自然，出新格依心识；
人至中年，望安澜于山水，不争浮于市声。

其四

迎客送客拜客作客，八面清流，两杯茶水；
读书编书写书评书，四重角色，一种情怀。

## 墨龟斋写“禅”字联　二则

### 其一

四脚朝天，岂奈龟王能万寿；

五体投地，概由孔圣亏一禅。

### 其二

字依法度鉴朱印；

禅应本心证白书。

## 书“禅”字联　四则

### 其一

槐寐何疑，蝶是蝶非蝶；
濠梁且乐，鱼非鱼是鱼。

### 其二

梦寐无疑，蝶是蝶非蝶；
濠梁有乐，鱼非鱼是鱼。

### 其三

未存往事疑无古；
但见落尘知是今。

### 其四

是非窝里，人凭嘴，我用耳；
热闹场中，我靠后，人向前。

## 墨龟斋书“禅茶”联　五则

### 其一

名让三分，利让三分，凡好事皆让三分，且图自己一分乐；

眉呈两面，唇呈两面，唯妄心足呈两面，怎拜菩提九柱香。

### 其二

茶几且看杯有两；

书房何论食无斤。

### 其三

藏之雅舍不游旅；

酌以香茗爱聚朋。

其四

茶汤分色两壶水；
杯盏凝香一味禅。

其五

欲求禅字；
先送茶钱。

## 为友人书“禅茶”联 四则

### 其一

茶香当谢一枝叶；
嘴浅莫亏两个杯。

### 其二

鹅池名贯半斤酒；
松墨言归一盏茶。

### 其三

有客来时茶一盏：
无心剩下酒半盅。

### 其四

三冲香叶不离水，
万事圣王终信禅。

# 书“茶舍”联　二则

## 其一

清茶少饮二三杯；
逸足多行四五里。

## 其二

一切福田，不离心地；
千般正果，已结法天。

## 书“读书”联　四则



### 其一

掸掸红尘先吃饭；
瞧瞧苍海后看书。

### 其二

寒天有晴，行半日路；
陋室无噪，读一时书。

### 其三

读一本好书，如仰一峰齐岳；
诵两回经典，可参两道楚泉。

### 其四

求学青山绿水，单凭双足可闻道；
读书红院紫堂，终是四围不舍墙。

## 书“明心”联　五则

其一

参阅九经求顾问；
探囊一者解乾坤。

其二

关灯，安于困处拥今夜；
睡觉，乐在醒时谢明天。

其三

格局比天，由之仰视；
须根入地，如是低闻。

其四

半厘来自一分，正心是德；
两条可成三道，通事于才。

其五

上帝住天国，天国在哪？你告诉我；
下民争世间，世间有啥？谁稀罕它。

## 写“茶”字联　二则



### 其一

紫气东来驱恶疫；
夕阳西下煮佳茗。

### 其二

不偏上下书茶字；
方解中间草木人。

## 书“禅茶一味”联　五则

其一

与湘竹结朋党，山水自成一派；
以曹溪作机关，云霞正值九峰。

其二

借得灵韵作诗词，今一首明一首，一年可蓄诗三百！

舍去尘心习书法，早几行晚几行，几字能证人五句？

其三

果是禅茶同味；
因知物事殊途。

其四

茅萱生字偶成绝句；
竹策闻香常呷新茶。

其五

近朱者赤，我行我素一排字，方正印下；
舍利人禅，日出日落两杯茶，圆融壶中。

## 为友人书“茶舍舍茶”联

拒俗修心，有谓四书六艺，添真趣，怀己五德；
勿贪嗔欲，无非一日三餐，得好茶，敬人两杯。

## 书“笑禅”二字藏头联

人三思可入禅脉，禅因见悟终开笑；
书一字即触笑筋，笑而不噎直抽禅。

## 书“禅可欣茶”联

茶舍清香，逢壶望水；
竹留高节，养气归心。

## 书“惠风”联

甘露发心青莲叶；
惠风入我素衣衫。

## 为友人书“紫气东来”联

公道营天仁者寿；
凡心经水圣人安。



## 书“廉”字联

习字成廉能得法；
修身至圣不弃功。

## 书“天道酬勤”联

埋头做事只靠终生勤字；
开口表功全凭一口闲牙。

## 书“知”字联

学而不厌皆黄道；
识得虚名尚朱泥。

## 书“禅功在心”联

百十门学课成业；
一二指禅功在心。

## 书“禅风如云”联

一处禅风分两向；
千颗因果合轮回。

## 青莲居书“禅茶一味”联

千年气度一首词，春上阙，秋下阙；
一盏功夫两重天，壶里禅，杯外禅。

## 习书杂联　二则

### 其一

云入冰壶，茶能宾水；
笔躬法度，字不欺人。

### 其二

非诗非词何须二说；
是字是画不足一评。

## 写词联　二则

### 其一

文辞严净，日月分为二阕；
襟度坦诚，春秋正合一壶。

### 其二

称文字玩家，经史子集归一法；
作诗词雅贩，豪放婉约分二宗。

## 题观音山联

观音山上观山水；
宿雨洞中宿洞天。

## 题龟碑联

笔从唐砚，墨空投一时机巧；
碑立宋龟，名重背终身包袱。

## 题菩提叶唐卡联

千首赞歌休止一篇良策；
八方行善当为无量菩提。

## 题洪泽湖风景联

朝阳夕阳不分二色；
水气云气承接一天。

## 题布袋和尚联

卧笑流年千面熟；
反讥小肚寸肠空。



## 题竹园联　三则

### 其一

那风下拽青溪足；
此径上通明月楼。

### 其二

千年气节临风雨方闻夜竹；
一树春花感红尘已醉天心。

### 其三

九根春夏秋冬竹；
三味棋琴书画心。

## 读史杂联　三则

### 其一

壮士歌寒垓，汉界不托虞姬梦；
渔夫笑沧浪，楚天可证屈原殇。

### 其二

以诗作日记，经年三百首，得意其一比唐宋；
自题许时光，灵感须臾间，襟怀不二拜李苏。

### 其三

得宠若如狗日子；
谋生何必狼图腾。

## 读《诗经古谱》联

诗里寻经，夫子统归三百；
弦中遗韵，伯牙何计万千。

## 读《楚辞》联

三江入玉壶，传说有人能酌尽；
五岭送冠冕，敢情无骨可营生。

## 茶叙翠篁阁联

竹叙清声，评酒饮酒藏酒；
人言好事，读书编书写书。

## 见草竹编织鸟笼撰联

竹笼囚鸟空云路；
草木分兵图剑心。

## 为友人藏书馆撰联　二则

### 其一

项羽关羽陆羽楚汉唐一王二圣；
祝融孔融法融神人佛四姓三宗。

### 其二

秋雨半窗，卧看梅竹数枝叶；
春风十里，走读江湖一本书。

## 戏题某会联

做三流鼓手；
敲一等牛皮。

## 工余闲联　五则

### 其一

编家刀笔文中夺二句：删了补；

骚客襟怀月下酌三杯：满即空。

### 其二

眼中风色，向来登山望水填双阙；

诗外功夫，不过煮米烩菜吹一琴。

### 其三

约友素来常问酒；

看荷继续不停风。

### 其四

翻翻书页，剪剪园花，撰撰联句，转转邻家，会会故友，开壶老酒将青瓜；

泡泡脚丫，修修指甲，刮刮胡须，摸摸下巴，涮涮微信，点赞众亲晒白牙。

### 其五

才过中秋赏个月；

没晴一日又飘雨。

## 收藏古币联　二则

其一

拨云望日，无孔岂能窥透；
开眼见钱，有圆方便悟空。

其二

红绿灯曾不眨眼，惹人车争于公道；
黄铜币竟能称兄，替名利洞见孔方。

## 自助餐见闻联

贪即丧德，尽显六灾。心将一善空，邪不除，灵魂终当困苦海；

俭能积福，应思五谷。胃宜七分饱，餐自助，盘碟切莫堆膻山。

## 感低质新诗集出版泛滥联

若无灵韵，劳于文字堆砌，缺了内涵意境；
本是散文，乐在句式分行，占个空白名份。

## 孔子诞日联

圣人自诞，万世师表疑四字；
少正被诛，千秋闻人诽满身。



## 罗浮寻隐者联

广宇飞云辩日讨圣人笑；
高山流水吹琴赠隐者听。

## 题大砂壶联

把柄耳圆，可贴心附言几句；
壶嘴儿阔，更方便大喝一声。

## 题茶罐联

一罐茶，茶分等级；
半天日，日续晨昏。

## 诗友雅聚戏撰二联

### 其一

酒是诗头，太白东坡卧且醉；
诗为酒尾，清风明月枕而眠。

### 其二

空中朵云，常当作天宇手帕；
人体心脏，仍属于自己木鱼。

## 春节书“福”字联

天下贪官少；
人间福字多。

## 闲日书“钱”字联

斯文扫地；
此字呈天。

绝

jue

律

lü

联

lian